이것은 사과입니까

이것은 사과입니까

포엠하우스 23집
포엠하우스 7인의 신작 시집

초 판 인 쇄 | 2025년 11월 25일
초 판 발 행 | 2025년 11월 30일

지 은 이 | 김일태 이병관 김미희 송미선 정보암 김결 이복희 양민주
발   행 | 포엠하우스 양민주
펴 낸 곳 | 도서출판 작가마을
등   록 | 2002년 8월 29일 제 2002-000012호
주   소 | 부산시 중구 대청로141번길 3, 501호(중앙동. 다온빌딩)
          T. 051)248-4145, 2598   F. 051)248-0723   E. seepoet@hanmail.net

ISBN 979-11-5606-297-4   03810   정가 10,000원

이것은 사과입니까

포엠하우스 23집

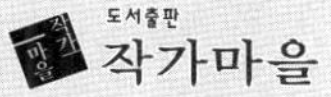

도서출판
작가마을

뜻있는
우리가 시를 썼다
각자의 색깔로 썼다
스물세 번째 시집이다
이쯤에서 포엠하우스의
정체성을 생각해 보았다
어디에서 왔으며 어디로 갈까?
모과나무의 모과처럼
향기를 날리며
어디가 어디쯤 익어가고 있었다
우리는 우리끼리
서로 고맙다고 했다
지켜봐 주시길 바라며
총총

– 포엠하우스 동인 일동

포앰하우스 23집
이것은
사과입니까

• 차례

김미희

송미선

정보암

2025

양민주

포엠하우스 23집
이것은
사과입니까

초대시 ◆

김
일
태

지문검색
사라진 전당포
거북선은 어디로 갔을까
정좌靜坐 한 부처
멀고도 가까운 사이에서
타지마할의 그늘에서
헝클어진 신발
구불거리는 것들

poem house

◆ 1998년 《시와시학》 등단
◆ 시집 『부처고기』 외 8권. 시선집 『주름의 힘』
◆ 경남문학상. 시와시학상. 김달진창원문학상. 하동문학상 등 수상
◆ 현. 이원수문학관장. 재)통영국제음악재단 대표

지문검색

얼굴이 나를 찾는 지도 위 주소라면
지문은 나를 열어보는 비밀번호다

공항 자동출입국 심사대에서
갑자기 내가 열리지 않았다
오른손 둘째 손가락 지문이 나를 몰라보았다

임시 증명서 들이대듯
엄지 약지 왼손까지 동원해서야
겨우 검색대를 통과했다

시 몇 편 썼다고
설거지 몇 번 도왔다고
손끝이 나의 기억을 지운 걸까

피부과에 가니 건조해서 그렇다며
로션을 자주 바르라 했다

문득, 생각했다
지문 하나뿐 아니라

평생 얼마나 많이 닳고 달라져 왔는지

다시 검색할 수 없는 이력도
보습하고 천천히 마사지하면
바뀐 비밀번호처럼
새로운 내가 인식될까

사라진 전당포

옛것을 잘 보존하고 있다 해서
어렸을 적 기억도 담고 있을 것 같아
대구 구도심 찾아갔는데
심증만 남고 물증은 사라지고 없었다

헐값에 낭만을 팔던
염매시장 번개시장 약전골목 향촌동
늙은 골목에는 바람만 예스럽게 드나들고
시대의 흐름을 거슬러
베이비붐 세대의 그림자처럼
낡은 간판들만 웅크리고 있었다

한때 내 청춘의 한 귀퉁이를 저당 잡았던
동성로 좁은 골목 안 전당포

영화 두 편을 동시상영 하던
삼류극장 매표구 같던 구멍으로
물건과 돈을 놓고 고무줄처럼 밀당하던
그 갈퀴 손은 안녕할까?

오십 년 전의 그 전당포 찾으면

싼값에 저당 잡힌 내 청춘 되찾아
촌놈이라 겁주던
그 학생 깡패를 혼내주고 싶은데

단골 저당물이었던
내 고등학교 입학선물 손목시계랑
지금은 아내가 된
그 시절 내 애인의 졸업 선물 반지에 대한 기억이
소주의 쓴맛처럼 입안 가득 머금어지는
회향의 시간

미군 부대에서 흘러나온 헐값의 군화 신고
주름잡으려다 주름진
엉뚱하고 풋풋한 청춘의 날들 아직도 보관하며
복리 이자를 셈하고 있을 것 같은

후미진 기억 속 시간의
그 전당포는
고층 빌딩에 자리를 빼앗기고
어디로 도망갔을까

거북선은 어디로 갔을까

거북선이 사라져 앞뒤 구분 없어진
진해 중원 로터리
백색으로 치장하여 키 높인 우체국 앞에 앉아
흑색 지붕으로 몸 낮춘
건너편 흑백다방을 바라보며
잃어버렸거나 잊지 못하고 있는 것들을 생각한다

절반은 참말 절반은 거짓말같이
길몽과 흉몽을 오갔던 숱한 밤

어슬렁거리는 하이에나 무리 보듯
경계를 풀 수 없어
작은 낌새에도 오줌 마렵고
아까시 숲 어룽거리던 때 몇 날이며

용의주도하게 치장한 얼룩무늬 때문에 오히려
숨을 곳 없는 중원을
달음박질로 도망 다닌 적 얼마이던가

우기의 강 겨우 건넌 세렝게티 늙은 얼룩말처럼

힘겹게 한 시대를 건너와 한숨 내려놓는
흑백의 시간

다시 한세상 건너기 위해
또 수많은 절망의 징검다리 짚어야 할 텐데

팔방의 소문들이 흘러들어 고이던
백 년 중원은 지금
우송되지 못하고 되돌아온 우편물처럼
잊히거나 남은 것들이 뒤섞여
얼룩얼룩하다

정좌靜坐 한 부처[*]

윤회를 걷으려
머리를 버렸다

그 무엇도 붙잡지 않으려
손을 버렸다

자리를 벗어나지 않으려
발마저 버렸다

어느 한쪽 기욺 없이
반듯해졌다

● 경주 남산 삼릉계곡 머리 손발 없는 석조여래좌상

멀고도 가까운 사이에서

김일태

눈다 와 싼다 사이

벗는다 와 찬다 사이

건다 와 얹는다 사이

잡는다와 짚는다 사이

그래도 와 도저히 사이

앞을 본다 와 뒤돌아본다 사이에

우두커니 머무는

종심*의 시간

● 종심 : 70세

타지마할의 그늘에서

빛이 없으면 보석은 반짝일 수 없고
사랑도 반사되지 않으면 돌멩이 같을 것이다

누가 사랑은 따뜻한 거라 했던가
땀과 눈물의 영혼이 깃들어 있는 한
사랑은 차가운 것이라고
모서리끼리 껴안고 건너온
슬프고 허무한 천년의 시간을
타지마할은 그늘로 말한다

해가 뜨고 질 때 유난히 아름다운 이유는
사랑은 싹틀 때와 마무리될 때가 절정이며
흐리거나 맑을 때 색을 달리하는 건
사랑은 변화무쌍한 거라고
특히 노을빛에 더 영롱해지는 까닭은
그리움이 활짝 피어나기 때문이라고
차디찬 말들이 가슴을 쓸고 지나갔다

누군가의 빛을 받으면
나의 영혼도 영롱해질 수 있을까?

나도 누군가를 반짝이게 하는
빛이 될 수 있을까?

천년의 역사를 기억하는 아무르 강가에 앉아
시공을 거슬러 보는데
양지에서 그늘로 저물어 가는 것이
생의 여정이라며
첨탑 그림자는 점점 강물을 덮어가고

보석으로 져간 이들의 심술인 듯
불현듯 명치 아래가 아려와
슬쩍 훔쳐 가려 품에 숨겼던 몇 줌으 빛을 꺼내
강물에 던져버렸다

헝클어진 신발

신발이 길이다
목적지에 닿으면 새길 가듯
역할 다하면 바꾸어 신는 길이다

머리와 손
눈코입 귀는 속일 수 있지만
발은 정직하다고
몸으로 마음으로 살아온 여정일지언정
우리는 족적足跡이라 부른다

삶은 물고기 헤엄 질 같은 거라서
물살을 타기도 거스르기도 하지만
목적지를 추적해서
나를 지금껏 몰고 이끌고 밀고 다닌 근원은
지느러미 같은 발뒤꿈치의 힘이다

산다는 것은 오고 간다는 것
오고 가는 것들은 모두 신발을 신었다는 것
맨발로는 건널 수 없는 세상이라
신발 없이는

오도 가도 못하는 사람들

적막에 기댄 저녁
내일은 또 어디로 데리고 갈지
아무리 조심해도
나를 빠트릴 곳 세상에 널렸는데

오늘 하루 헤맨 족적처럼
함부로 벗어놓은 신발 두 짝

데리고 가야 할 곳 예감시키듯이
서로 다른 방향으로 놓여있다

구불거리는 것들

세상에는
길을 모르는 것들만
구불거리다가 헝클어진다
칡이나 등 넝쿨처럼

제 길을 아는 것들은
더듬거리거나 꼬지 않는다

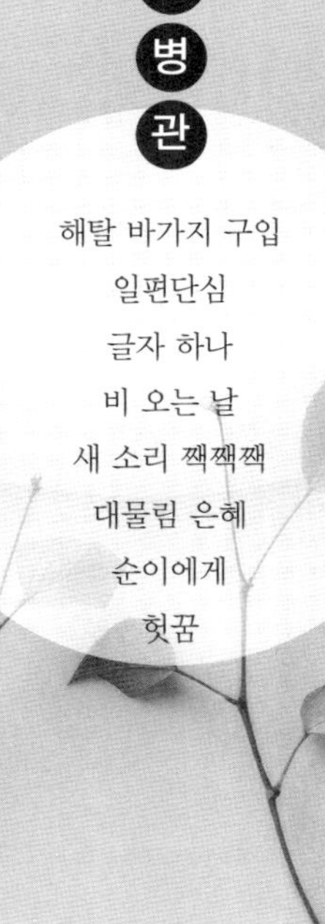

이병관

해탈 바가지 구입
일편단심
글자 하나
비 오는 날
새 소리 짹짹짹
대물림 은혜
순이에게
헛꿈

poem house

- 《한글문학》 등단
- 김해문인협회 회원
- 낙동강문학상, 김해문학상 수상

해탈 바가지 구입

그냥 주변을 두리번거리다가 본 거야
심심풀이 땅콩으로 사는 그 사람
친구, 지인 온갖 요구 다 들어주면서도
성질 한 번 안 부리는 걸 보았지
그래, 저거야
반면교사를 찾고 보니 좋은 선택이었지
삶을 담는 그릇이 넓어지고
나를 괴롭힌 고정관념 담장을 허물었지
고민을 떨어내는 나만의 해탈
주변에서 찾을 수 있더라니까

일편단심

이병관 27

사람이 가진 아름다운 마음
사후에도 칭찬받는 이유
올바른 나라 사랑의 표본
인기 있는 노랫말 한 구절
그럼에도 인간이 지키기 어려운 도리
세상이 혼란할수록 간절한 말

글자 하나

세상을 그렇게 많이 읽었는데도
내 속에 쓰인 게 왜 없을까
오래 등을 보이다가 뒤돌아 답을 주는 글자 하나
허虛 !
허虛 !
허虛 !

비 오는 날

이병관

하늘이 울고 있으니
땅도 옷이 다 젖었다
오랜 가뭄 끝이다 보니
서러움이 아닌 감동의 눈물인데
하늘과 땅의 오래된 연분이다
펑펑 눈물 쏟아내는 하늘의 은혜
참 좋고 한없이 고맙다

새 소리 짹짹짹

그렇게 오랫동안 들어왔는데도
왜 아직 알아듣지 못할까
이제는 인공지능이 모든 걸 해석해 주는 세상
언젠가는 휴대전화에 메뉴 깔아놓고
마음 편하게 얘기하고 소통하게 될 거다

벌써 재미가 동글동글해진다

대물림 은혜

이병관

부모, 조부모와 한집에서 살았던 어린 시절
온갖 농사일을 보는 것만으로도
나를 키운 크나큰 공부가 되었지
가끔 돌이켜 볼 때마다
감복이 가슴을 찌른다

쉼이 없고 끝이 없다

순이에게

32 포엠하우스 23집

내 사랑 왜 버리고 갔어?

콕!

콕!

콕!

헛꿈

가끔 술 취해 해롱해롱하면
속을 긁어주며 기다리는 꿈의 한 장던
하느님!
부처님!
내 안에 쏘옥 넣어줄 사람

빨리 보고 싶은데 왜 이리 늦나…

포엠하우스 23집

이것은
사과입니까

김미희

이것은 사과입니까
검정
빵집에서
저 두툼한
내 노란 이태리타월은 어디에 두었지?
서랍
길 위에서
주전자
젖은 얼굴
미끼

poem house

◆ 《문학 21》 등단
◆ 김해문인협회 회원

이것은 사과입니까

방금 나에게 내민 것이 사과입니까
얼떨결에 두 손이 무게를 받아 듭니다
겉과 속의 표정이 다른 사과입니다
두 개의 방향 중 어느 쪽을 입술이라고 부를까요
탁! 하고 습관의 칼이 지나갑니다
주르르 흐르는 노란 즙액은 햇살의 오른쪽입니까
가지를 떠나던 새의 그림자입니까
나의 책갈피 속에도 새가 살고 있습니다
검은 바탕에 흰 동그라미를 그린 깃털이어요
컴컴한 기억들뿐인 하얀 새가 날아가기도 해요
이것이 사과라고요?
어디에서 사과의 손을 잡고 걸어오셨나요
햇살의 이랑에 살얼음이 얼던 그곳입니까
툭툭 푸른 열매를 떨구던 시간이 우리를 통과했어요
빛이 고인 뺨과 그늘이 응축된 뺨
두 개의 감정을 넷으로 여섯으로 나누어 먹을까요
우리는 두 개 세 개 네 개의 계절을 가진 골짜기
희망과 절망을 혼돈하는 잎들이 무성하죠
사과의 어깨가 휘도록 가지가 붙잡고 있었나요
오늘 아침이 사과를 꺼냅니다

입술을 내밀고 입으로 사과의 껍질을 벗기기로 합니다
너무 많은 살점이 뜯겨 나가네요
달콤과 새콤의 시이소가 내미는 오전을
나는 아직 다 맛보지 못했어요

검정

아무런 색에도 다시 물들지 않는
나의 이름은
검정
이미 모든 색을 건너왔다

파도에 한 층 더 짙어지는
검정 해변의
몽돌처럼

어둠의 안쪽은 아직 부드럽다
물결은 더 깊은 곳까지 와서
문을 두드린다

캄캄한 길은
눈을 감고 걷는 것이 더 편하다

멀고 깊고 낮은 곳까지
파도는 숨차게 와 닿는다

나와 나는 그곳에서

몽돌들처럼
물끄러미 마주 바라본다

우리는 억만년 파도에 깎이고 젖고
마르는 까만 모래톱이다

누군가 검은 볼펜으로 쓰는
일렁이는 의문문이다

모래알 사이 물기의 짧은 글썽임처럼
까맣게 멀어질 것이다

빵집에서

빵들이 접시 위에 포개어져 있다
우리는 커다란 원탁 앞이다

부드럽게 발효된 말들이 오가고 있다
설탕 시럽을 친 오늘의 뉴스와
알록달록한 그녀의 연애사가 첨가된
샐러드빵이 새콤달콤하다

주름진 너의 미간을 팥빵처럼 부풀려 줄
필러가 어떠냐고
나는 생크림 같은 유혹이 솔깃하다

빵은 밥보다 차리기 쉬워서
접시 하나면 풍성하다
모임을 즐길 시간이 남았다

빵이 너무 멀리 있었다거나
빵의 포로수용소에 간 적이 있다거나
검고 질긴 빵이었다거나
나는 지나온 빵의 서사에 침묵한다

잘라보면 후끈한 무엇이 지나간 듯한
빵의 동굴은 텅 비어 있다

나는 빵을 한 겹씩을 벗기고 있다
크루아상은 페이지가 많아서
오후를 고무줄처럼 늘이고 있다

진열대 위에 막 도착한 시선들이
빵 위를 빙빙 돌고 있다

갓 만든 빵들이 무덤처럼 볼록하다

저 두툼한

한 무리의 아낙들이
한 덩이씩의 살집을 엉덩이에 달고
밭고랑으로 들어선다

저 두툼한 살집은

닳아가는 무릎이 호미를 들고 앉을 때
재빨리 엉덩이를 받쳐 준다
일어설 때 묵직한 허리를 받쳐 준다

말하지 않아도 눈치가 백단이다

저 의자
푹신하게 등을 기댄 사람은
뿌리의 터를 뺏을 수 없다는 것을
알고 있다
바지처럼 입고 벗는다

네 개의 다리를 자르고 높이를 버린
그의 고객은

수굿한 등뼈와 흙의 심장 소리
그리고 잡초들의 악착

윤나는 풀의 머리끄덩이를 잡아채고
감자알의 잠을 깨운다

마당 가에서 밤을 새울 때
흙투성이 얼굴에 달빛이 가루분을
발라주고 있다

내 노란 이태리타월은 어디에 두었지?

나는 물속에 앉아 뽀얀 수증기를 보고 있다 천천히 귀
가 열린다 귀를 더 열려고 눈꺼풀을 내린다 물소리가 또
다른 물소리를 불러내고 있다 시간의 벽을 허물고 있다
양철 지붕을 때리던 소낙비 소리 반딧불을 쫓던 여름 냇
물을 참방이던 소리 드므를 채우던 어머니의 함지박 소
리… 소리들이 바위 같고 호리병 같은 몸의 곡선을 수증
기로 적시며 공간을 채운다

장면이 빠르게 지나간다 나의 눈은 카메라다 붓이다
4B연필이다 수증기를 헤치며 장면을 본다 전생이다 그
전의 생이다 눈동자가 떨리고 있다 동공이 놀라고 있다
복숭아다 앵두다 사과다 이름 붙이고 있다 나는 계곡 바
위 뒤에 숨어 등목을 훔쳐보는 열일곱 살 소년이다 입가
에 침을 흘리는 등 굽은 노인이다 첫사랑의 얼굴을 더듬
는 장님이다 철부지 강아지다 추억도 사라진 폐허에 떠
오르는 젖가슴이다 몽정의 새벽을 지나가던 실루엣이다
물의 전생이 물결을 밟고 온다

목욕탕은 온갖 곡선이 태어나고 사라진다 빠른 스케치
가 필요하다 풍성한 여인의 곡선이 일 초 만에 바뀐다

모딜리아니의 목덜미가 보인다 르누아르와 세잔의 터치
가 지나간다 아랫배가 불러오는 시엔*의 검은 유두가 보
인다 외할머니의 등에 불거졌던 산죽 쁘리같이 여윈 등
뼈다 엄마의 가슴에 입술을 갖다 대는 내가 보인다 곡선
들이 뽀얀 김 속에서 나타나고 지워진다

　나는 뜨거운 물 속에 수만 장의 화선지를 두고 일어선
다 혼재한 시간 속에서 피고 지던 얼굴들도 사라진다 그
런데 내 노란 이태리타월은 어디에 두었지?

● 고흐의 모델

서랍

그는 내면은 층층의 무풍지대
손잡이 하나가 지키고 있다
내가 준 것들을 차곡차곡 받아먹는
잡식성의 위장을 자랑한다
이빨이 없어 아무것도 물어뜯지 않는다
입술이 없어 비밀을 누설하지 않는다
나는 그에게 많은 것을 맡겨 두었다
다 쓴 통장의 출납 기록과
이제는 무엇을 여는 것인지도 모르는
녹슨 열쇠들
길에 버려도 아무도 주워가지 않을
나만 아는 몇몇 보석들
그늘의 두께에 매장되어 있다
그도 배설 기관이 있는지
몇 개의 희끗한 먼지를 배설한다
어떤 날은 입을 헤 벌리고
이것을 삼켜도 될까요?
나에게 묻는다
그의 식성은 불안조차 꿀꺽 삼키는 것이다
가끔 나는 그의 속을

뒤집어엎는다

그가 이미 배설했을지도 모를 행성을 찾고 있다

백만 광년을 버틴 기억의 무리에

오늘의 전등 빛이 닿자

그림자 성처럼 무너져 내린다

나는 수술을 집도하는 의사처럼

그의 배를 가르고

커다란 쓰레기봉투를 갖다 댄다

길 위에서

우리는 같은 방향으로 가고 있었다
함께여서 안심이라는 듯
후후
서로를 향해 비닐처럼 얇게 웃으며

한 방향만 보느라
즐겁게 좁아든 실눈을 하고

마주 오는 얼굴이 없어서
타인의 눈과 코와 입술에 대하여
백치였다

그들은 어디쯤 가고 있었나

우리는 저녁의 박명 속에서
마른풀처럼 쪼그라진 희망에 한 방울
인공눈물을 떨구었다

얼굴 대신 뒷모습을 읽어도 될까
비밀처럼 낮게

보이지 않는 그곳을 의심했지만

발뒤꿈치나 엉덩이의 표정은
누구나 비슷해서

희망을 오독 할 이유는 충분했으므로
불안과 결핍을 발끝에 모아
우리는 가속 페달을 눌렀다

주전자

위쪽에서 동그란 바깥이 들여다본다
조용히 물이 차오른다
이제 곧 엉덩이가 뜨거워지리라

뜨거움과 차가움이 번갈아 지나간
펑퍼짐한 엉덩이
이 튼튼한 저변을 딛고 나는 서 있다

누군가가 불 위에 두고 깜박 잊기를
밥 먹듯 해도
놀라서 펄쩍 뛰어오르지 않는다

창 하나 열어두고 있다
창은 소리가 보글대는 귀이다

차갑고 뜨거운 내면이 마구 섞인다
그러나 감정은 언제나 일방통행이다

크고 작은 투명한 올챙이들이 와글거린다
물의 입자들이 대열을 이탈한다

작은 열기구를 펼치고 날아오르는
습기의 뺨이 뜨겁다
갓 태어난
희고 말랑한 구름이 달아난다

젖은 얼굴

비의 점령지를 지나던 셔츠와 눈동자와 구두가
물거품처럼 꺼지고 없다
— 이 얼굴을 찾습니다[*]
젖은 손가락이 빗속에서 전화번호를 누른다
물 벽이 벨 소리를 삼킨다

얼굴이 끝내 돌아오지 않아서
폐허가 되어버린 얼굴이 있다

길 잃은 주파수들이 둥둥 떠다닌다
흙탕물이 얼굴을 범람한다
송곳 같은 불안이 눕지도 잠들지도 못하게
등골을 찌른다

얼굴에는 추억의 통로가 모여 있다
눈동자에 비치던 기쁨
입술이 만들던 따뜻한 모음들
젖내의 첫…
얼굴은 가족의 출발지이고 종착지였다

눈과 귀와 심장이 진흙처럼 뭉개진다
슬픔의 층이 생겨버린
젖은 얼굴들
비가 그쳐도 마르지 않을 것이다

● 오송역 지하차도(2023.7.15) 뉴스를 보며

미끼

갯벌에 구멍들이 흩어져 있다 숨이 드나드는 출입구다
진흙을 파고 하늘을 향해 동그란 창을 내었다 사람들은
콘크리트 벽에 창을 내고 지나가는 손이 쑥 들어올까 봐
커튼을 달지만 진흙 속의 생명들은 뻘 속에 미로를 심는
다 미로 속에 있지만 숨을 쥐고 있어서 언제나 들킨다
숨이 미끼이다 썰물이 되면 검은 장화들이 몰려와 호미
로 숨구멍을 긁는다 뭉갠다 짓밟는다 그러나 밀물이 들
면 새 갯벌엔 동글한 숨구멍들이 이슬방울처럼 맺힌다

숨구멍에 손가락을 넣고 있으면 낙지의 발끝이 살살
건드리거든 그때 번개처럼 낚아채야 하는 거라 발버둥
치는 것을 순금처럼 움켜쥐어야 하는 거라 뻘낙지 잡는
법을 들은 적 있다 검은 갯벌을 덮고 잠드는 낙지도 나
도 암막 커튼이 필요하다 나는 미로 속에 잠든 낙지이기
도 하고 구멍 속의 기척을 기다리는 손가락이기도 하다
갯벌에 앉아 숨구멍을 본다 가느다란 잠꼬대 소리가 들
린다

송미선

아직입니까
전포동 가라사대
오늘의 운세
황태
기회비용
도리질 미선

poem house

◆ 2011년 《시와사상》 등단
◆ 시집 『다정하지 않은 하루』, 『그림자를 함께 사용했다』, 『이따금 기별』
◆ 2023 한국문화예술위원회 아르코문학창작기금 발간지원 선정
◆ 김해문인협회 회원
◆ 김해문인협회우수작품집상, 경남문인협회우수작품집상 수상

아직입니까

쉼표 하나 찍을 사이도 없이 하늘이 닫혔고
골바람이 목청을 높인다

오늘을 등지면 소실점은 멀어지고
길어진 그림자는 전염성이 강한 멜로디를 품는다

한 걸음 멈추면 보이는 게 있어
한숨 몰아쉬면 다가오는 게 있어
마지막 페이지를 넘기는 검지의 기분으로

설익은 애도마저 예의가 필요하다며
모자를 벗어 둘둘 말아 쥐고
빈 모이주머니를 모래알로 채운다

거미그물을 그리고 싶어 새끼손톱을 키웠다
구석을 찾아 헤매 뜨거워진 발바닥을 식히느라
드라이아이스에 데인 상처가 덧났다

섣부른 타협은 비겁에 불과해서
당신을 속이는 것보다 내가 속아 주는 것이 쉬워서

〉

하혈이라는 전조증상을 무시한다

전포동 가라사대

저녁 숟갈 놓자마자 다 모이라며 거실로 불렀다
가족회의는 늘 무거웠다 밥상머리 법문을 자주하셨던
할머니 대신 아버지가 호루라기를 불었다 늦은 저녁을
먹은 아버지는 반주를 두어 잔 하여 불콰했다 할머니도
우리 남매들도 여덟 식구가 엉거주춤 둘러앉았다 누구
도 첫입을 떼지 못하는 사이 울먹이는 숨소리가 들렸다
아버지였다

우리가 빚이 없다며 이제는 빚을 다 갚았다며
일찍 가신 할아버지 대신 집안을 지켜야 했기에 아버
지 뒤꿈치에는 모래주머니 여럿이 묶여있어 내리막길에
서도 숨이 찼을 것이다 놓을 수도 없는 깃발을 든 아버
지가 마흔을 갓 넘긴 나이였다

야광별처럼 눈을 감아야만 빛나는 호루라기 소리가 있
어
깜박거리는 노란불을 보며 발길을 멈출 줄 알게 된

전포동 시절은 반백을 훌쩍 넘긴 막내가 일곱 살 때였
다

오늘의 운세

꿈속에선 이불이 짧았다
밤이면 다리가 자라는지 발목이 시렸고
모닝콜은 꺼져 있었다
안전장치는 더 이상 안전하지 않았고

그리다 만 자화상을 끌어당겨
이어 그리지만
언제나 모르는 얼굴이 나를 올려다본다
소나기 속도로 달려드는 얼굴을 잡으려고 손을 내민다
빗소리가 유리창을 두드리면
오른쪽 눈을 감은 채 지우고 덧칠하고
천천히 퇴장하는

들고난 발자국이 창밖에서 서성거리고
숨을 고르다 지치면 타로카드를 펼친다
오늘의 운세는 어제의 자화상이 아니라고
나는 우기고
마지못해 고개를 끄덕이는 네가
어설프게 편을 드는 사이
자화상의 눈꼬리를 다시 그린다

황태

먼저 내장을 뺀 뒤 매운 겨울바람에 말려야합니다

들락거리던 매운바람이
깊은 바닷속 그물질 기억을 물고 온다
얼음 비늘로 덮인 빈집은
소금기로 차오르고

바다를 기억하는 머리와 꼬리는 그대로 두어야 합니다

내일은 너무 가까워 보이지 않을 거 같아
다음 계절로 미루고
그다음 계절로 또 미룬다

밤마다 얼었다가 잠시 해를 안고 몸을 푼 뒤
다시 얼어붙고 마는

소금꽃이 단내를 피웁니다

꼬리에 꼬리를 꿰어 물구나무 자세로
노랗게 질린 채
쪽방처럼 태끈에 매달려 있다

기회비용

송미선

7번 국도 갓길 너머에서 아홉 살 여자아이가 패랭이꽃
을 심었다
흙 묻은 손가락 사이에서 말문이 열렸고
바랜 액자 속 여자아이 눈썹 끝으로
울음소리가 매달렸다

사 차선 아스팔트 위
그녀의 명함이 춤추고 있다
자꾸만 가늘어지는 목구멍이 아랫입술을 짓누르는 동안
거름발 받아 물오른 명함
너덜거리는 모서리에 안티푸라민을 바른다
바깥은 구겨진 채 팽팽해지고

패랭이꽃을 쫓아온 7번 국도
눈시울이 그렁그렁한 그녀
산등성이를 당겨온다

도리질 미선

내 의사 따위는 물어보지 않았다
누군가 부르면 반사적으로 돌아볼 때쯤
우산 펼치는 방법을 알았다
그렇게 살아야 하는 줄 알고
그렇게 살아가지만
이름표는 여전히 비워둔 채

예명이 없었다
갓길이나 샛길 같은 이름 두서넛 호주머니에 넣어둘 걸
만지작거려도 닳지 않을 이름
비 오거나 바람 부는 날 꺼내어
불러볼 수 있게

필명도 몰랐다
가면을 바꾸며 문을 두드렸던
원고지 앞에서
그저 미선으로 살아야했던 무수한 밤들

개명을 꿈꾼다
강아지 호텔에 구겨진 이름이 지천일 거 같아

산책을 핑계로 끈 떨어진 목줄만 쥐고
유리창 너머를 기웃거리는

그런 나를 부인할 수 없어
끄덕끄덕 미선

포 엠 하 우 스 23 집
이것은
사과입니까

정보암

poem house

- 1997년 《창조문학》 등단
- 창조문학가협회 이사
- 시집 『사계』, 『오후 네 시, 새 출발 준비할 시간』, 소설 『나무는 어찌 거독이 될까요』
- 2014년 창조문학 대상

진영의 별

고향의 어처구니없는 총소리
전쟁의 소란에서도 서울까지 들렸다
강 선배가 빨갱이로 연행돼
수산다리 밑에서 살해당했다
단감 부자 최 이사장도 함께였는데
갑시 어르신 용케 살아남아
비로소 세상에 알려졌단다

진영 지서장 늘 강 목사가 거슬렸지
구제품 가로챘다 공공연히 꾸짖고
양곡 도정 부정한 짓 밝혀내며
안창득 선거도 도우니 그야말로 눈엣가시
학도병 지원 공문 반응 없다며
급기야 보도연맹 검속령 엮었다

자신의 가슴에 총구 겨눠도
주여, 이들을 용서하소서 기도했다니
과연 진영의 큰 별이다

나 역시 서울로 솔가 않았다면

선배보다 먼저 황천길 갔으리
어제는 항일 독립투사였지만
오늘은 자본주의 고향에 이방인
죽어 캄캄한 구천 어디쯤 떠돌려나

김해에 애국자 많고
진영에 별 많다지만
강 선배는 별 중의 별 일등성이다
연희 동문 뛰어난 인물 가운데
강성갑이 제일이라던 말 생각난다

일본 신학대 유학 목사님
빨갱이라니 누가 믿을까
밤새 추모의 촛불 밝혀도
누명 쓴 혼백 억장 무너져
저승길 어이 떠나시려나.

이산가족

20만 남로당 어디 있는가
그렇게 외쳤던 인민 봉기는
전쟁이 해를 넘겨도 없었다
자발적 봉기 기다리던 해방군은
낙동강 전선에 사활 걸었지만
유엔군 들어오면서 불리해졌다
인천 상륙 작전 겹치면서
본부는 삽시간에 뒤숭숭했다

작전상 후퇴 사업 처리하면서
내자에게 신신당부 했었다
무슨 일 있어도 고물상 반지하 기다려라
반드시 찾아와서 함께 가겠다
겁에 질린 아내는 고개만 끄덕였다
경이에게도 따로 다짐을 받았다

하지만 식솔은 없었다
절망적 상황 가까스로 지프차 구해
달려갔건만 온데간데없었다
분명히 기다린다 했는데 어딜 갔을까

폭격 맞은 흔적도 없는데…

해 바뀌고 서울 재접수 때
가족 다시 수소문해 보니
그때 꼭꼭 숨어 날 기다리다
해방군은 북쪽으로 달아나고
연합군 들이닥친다는 소리에
진영 고향으로 돌아갔단다

답답하고 무표정했지만
그래도 아이 엄마라 믿었는데
아이들한테도 신신당부했건만
정작 나는 믿음 못 얻은 것
마침내 이산가족 귀결되었다
아,
나는 지금껏 무엇으로 살았나.

나밭고개

망자의 천년 유택이라
하필 나밭고개였을까
얕은 골 슬픔 점점이
선홍 무릇꽃 묵언 중이다

보리 한 되 준다는 말에
아버지 따라나선 큰형
보도연맹 뜻도 모른 채
일제 99식 관통되었네

총소리 함께 솟구쳐 엎어진
혼백 위 또 포개진 절망
바로 한 발 옆 국도 58번
무연히 포장돼 줄행랑인데

아들 좋아하던 정구지 무침
그날 이후 먹지 않은 할머니
나밭 밤새 찾아 헤매던 이름
치매로도 못 지운 그리움

나는 오늘도 뿌리 깊은 슬픔
붉게 꽃피운 무릇 사이
기록 안 된 촌부의 기억
한 점 묵언 귀 기울인다.

설창 고개

낙동강 기름진 삼각주
곡식 쌓던 세곡창 설창
보도연맹 족쇄 창고였다
한 맺힌 눈물 창고 되었다

인민군 탱크 밀고 오면서
다급한 군경 삼남 예비검속
뒤뚱대는 트럭 먼지 두르고
철사줄 묶어 골골이 밀었다

오죽하면 골로 갔단 말 있을꼬
4·19 혁명 양민학살 조사위
삼백 신위 합동분 추모했지만
군사 쿠데타 비석마저 부숴 버렸다

김해 만세 운동 자랑스러운 아버지
백범과의 친분 미운털 모함에
경찰 총 맞아 죽은 한 위로했다고
아들 반국가 죄목에 징역 보내다니

김해 · 창원 희생자 삼백 혼령
육군 포클레인 파 버린 추모 터
오늘은 무심한 고철 비철 공장
진영역 고속철 바람같이 멀어진다.

토지개혁 농지개혁

북은 무상몰수 무상분배 신속한 처리
남은 유상몰수 유상분배 신중한 처리

북측은 소유권 아닌 경작권 분배였고
남측은 시간 좀 걸렸지만
지주의 땅 정부가 구매한 후
5년 상환 농민에게 소유권 분배한 것이니

그 차이는 바로
한국전쟁이 증명해 보였다
북쪽이 호언장담하던 농민 봉기
남한 어디에서도 일어나지 않았다
오히려 월남 피난민 숫자 훨씬 많았다

혁명으로 탄생한 소련도
백 년도 채 안 돼 같은 증명 보였다
공산주의 한계 극명히 드러낸 역사
공산은 공상 속에서나 있을 법한 신기루

사유재산 결코 악 아니다

사회주의도 인정해 주는
모든 생명체 본능이기 때문

소유권은 생명의 본능
막을 수 없고 막아서도 안되는 법
남북 국민총생산 차이 여기에 있다.

호모 미스티쿠스

현생 인류
영장목 호모-사피엔스보다
호모-미스티쿠스 아닐까

안개 낀 강가에서
망상 신비로 갈아 만든
위장크림 오용하는 사람종

네발 달린 짐승이면서
치질 꾸욱 참고 직립해
스스로 만물의 왕 오르셨다

산사태에 풀포기 쓰러지듯
지진에 바다가 산맥 되듯
자연 속 티끌 같은 사람속

적으로 만날까 미리 무서워
사전에 보도 연맹 수갑 채우고
민족 위하는 일이라고 외치며
민족 살상하는 미스티쿠스

적으로 마주칠까 미리 겁먹고
사전에 의용군 차꼬 채워
해방전쟁 명분 씌우고
동족 상잔하는 미스티쿠스

나라 팔고 애국한 척
이웃 배신하고 봉사한 척
권력 훔치고 정의 구현한 척

척의 달인 호모-미스티쿠스
신비하기까지 한 사람종
오 주여,
이들을 불쌍히 여기소서.

민주에게

내 사랑 민주, 생일 축하해
세상 많은 남자 중
나랑 결혼해 줘 고마워요

지천명 바라보는 그대 눈매
여전히 맑게 빛나는군
눈동자 속엔 반백중년 희미한 미소

YH무역 방년 스물한 살의 산화
밤새워 애도한 야당 총재 제명
부마의 함성 속 당신은 태어났지

군사정권 불량 식품 광고 천지
진리 용케 골라 먹고 주경야독 마침내
민주라는 이름 별처럼 밝힌 그대

어두운 밤 당신 오히려 빛나
대한의 골목 환히 비추었지
아이들 넘어지지 않게
다치는 일 없이 잘 다니도록

그대 있어 행복한 나
힘든 여정 큰 도움 못 됐지만
더욱 응원하고 영원히 함께할게
내 사랑 평생 친구 민주.

투석透析

삶이란 것 돌이켜보면
걸러내고 배출하는 일상의 반복

아버지는 북, 어머니는 남
엄마 손 잡고 나선 아이는
매운 빨갱이와 장아찌 연좌제
끼니마다 밥반찬 삼다 보니
신장 찰지게 망가뜨렸다

신원조회 갑류 요시찰 이름표
투명 족쇄 연좌제 흉흉한 동네
괴뢰군은 죄다 채찍 든 늑대라고
웅변 연습하는 친구들 틈에서
소녀는 아버지란 낱말 꾸욱 삼켰다

시퍼렇게 멍든 바늘 자국
시간과 생명 거래하는 투석기
돌아가는 혈액 멍하니 보다
우리 모두 빨갱이려니 중얼거린다
선혈 없이 그 누가 살 수 있으랴

휠체어 뒤 남편 쉰 목소리 밀린다
'오늘도 세상만사 노폐물
깨끗이 투석해 무균질 됐으니
연장된 하루살이 세월
멋지게 그려 보시게나'

문득 그려지는 얼굴 하나
동생 선규 주저하며 다가온 후
아버지는 한결 온화한 눈빛이다
아니 내 눈에 그렇게 보였다

그동안 내게도 보약 같은 세월
꽤 많이 흘렀나 보다.

진영, 진영!

사람은 죽어 별이 된다고 한다

삶이란 본디 힘드니 생존이 곧 업적
밤하늘 별 되어 어둠 밝힐 만한 것
별이 수많은 이유도
그동안 수없이 많은 사람
일생을 마쳤기 때문이란다

저간에 진영서 떠오른 별 많았다
지주 진영, 소작 진영
우익 진영, 좌익 진영
진영이란 단어 붙은 것만으로
수많은 사람 죽어 나갔다

금병산 보석 같은 별
열 폭 병풍 빛의 향연
밤늦도록 눈망울 반짝이며
전설의 탄생 밤하늘 수놓는다

진영陣營으로 나뉜 마을이

위대한 영웅 대동으로 공글려
영원히 전진하는 진영進永으로
완성된다는 행복한 결말

진영에 힘들고 의로운 삶 많고
진영의 오늘
어제의 내일로 산 영웅 많아
별이 그 수만큼 반짝인다는 전설
나는 진실로 믿는다

저렇게 불 밝히는 별들
바라보고 있으면 저절로 믿어진다
선달바위 너머 영롱한 녹색 별
치어다 보면 믿지 않을 수 없다.

가을 추수

생산 시설은 노동자
토지는 농민에게!
우리는 신작로를 달렸다
청명한 꿈도 함께 달린다

낙동강 잉태한 김해평야
진영은 평야의 알짜배기
범람에 퇴적된 기름진 땅
농사 잘되고 따뜻해
작인들 해마다 불었지만

토지조사 동척 환수
빛 좋은 개살구에
소작농 천형 같은 굴레
마침내 해방 맞아
천형 벗어나길 원했지만
정치는 더 꼬여 들었다

해방 이듬해 가을
흉년과 콜레라에

미곡수집령 뒤섞이면서
추수는 추풍낙엽 되고
절망과 탄식만이 거리 덮었다

진영에도 낙담한 잎새
장터거리 이리저리 쓸리다
이윽고 어둠 깔리면서
억눌렸던 분노 솟구쳐
징검징검 불길 날아다녔다

불티는 지서 조합창고 지나
물통걸 마름 가리지 않더니
잠든 양민들 초가에 떨어지면서
그렇게 '지양' 했던 불상사는
대구 봉기와 같은 궤 밟아 버렸다

추수철
열망으로 쏘아 올린 불화살
인민의 가슴 희망으로 타오르길 바랐지만
정작 거두어들인 것은

과녁 주변 무수히 떨어진
싸늘한 화살촉뿐이었다.

김결

poem house

◆ 2020 《시현실》 등단

◆ 시집 『당신은 낡고 나는 두려워요』

◆ 시산맥, 영남시동인 활동

◆ 경남문인협회 작품상 수상

학꽁치의 꿈

파도가 뾰족하게 날아왔다는 소식이
봉리단길 모퉁이에 도착했다
허리 굽은 여자가 물결을 가르며
청록색 지느러미를 닦고 있는 이야기 같았다

은빛 광택 날개
뾰족한 아래턱에 용수철 달아
튀어 오르기를 수백 년째 되풀이하던 그런 이야기였다

바다와 바람은 수면 위의 풍경을 바꾸느라
넘어지기도 하고
추락하기도 하는,

지평선은 쓸쓸함에 대해 말해 주고 있었다
서로 위로하는 모습이
그림자가 다른 그림자를 그리워하며
부서지고 사라지는 이야기 같기도 했다,

차가운 바람 속으로
비릿한 냄새가 날아왔지만

날개를 펼친 학의 모습을 한 영락없는 새였다

파도는 손뼉을 쳤다
달까지 날아갈 것 같은
날개를 위하여

어느 날
학꽁치의 날개가 수평선에 걸렸다고

모자

웃음이 되고 남은 얼굴 부분입니다
가끔 옆구리에서 뿔이 돋아나기도 하죠
주머니에 넣을 수 없어 커다란 발을 준비합니다

은밀하게 시작되는 계절을 핑계로
무언가 골몰하는 모자의 표정을 살핍니다

신발보다 많은 모자들
아침부터 아우성입니다
어디를 가고 싶어 저리 발을 동동 구를까요?
궁금해하는 모습을 거울에 비춰가며
오늘의 콘셉트를 고민합니다

몇 개인가요?
쏟아지는 백 가지 질문 중에
당신의 대답을 헤아릴 이유가 있을지 궁금합니다만,

모자 속에서는 시시한 것들이
시시해지지 않고,
오늘 아침에는 그가 걸어 나왔습니다

모자를 쓰고 잤거든요

비가 오는 날에는 해반천을 걷습니다
뿔이 조금 더 자랄 수 있도록,

에코트리 숲속에서 마술이 흘러나옵니다
가면은 벗어버리세요

햇빛 속에서도
그늘에서도
울고 싶을 때도
모자는 어리석어집니다

여름 얼굴은
뒷걸음질로 커다란 초록밭 속으로 들어갑니다

웃음이 되고 남은 얼굴이 여기 있습니다

천년 달

달에서 기차를 타고 온 사내가 있었다
절뚝거리며 동네 뒷산을 헤집고 다녀
발에 달무리가 흘러내렸다고 한다

뿌연 보름달이 떠오르자
달이야!
외치며
사람들은 달집에 불을 넣었다
어디선가 풍악이 울렸다

달 보며
빌어보라며
활활 타오르는 달집
주문을 거는 사람들
알아들을 수 없는 주문을 물고
새들이 서둘러 서쪽으로 날아갔다

휘영청 밝은
달이 둥둥 떠오르자
사내는 달빛 일렁이는 냇가로 갔다

쓸쓸하고 캄캄했을 대청천
둥근달이 둥근돌에 내려앉기도 했다
둥글고 둥그런 쥐불처럼
휘휘 날리며
사내의 등을 따뜻이 데워주었다

달의 파편이 물소리를 내기 시작했다
물고기 한 마리 푸드덕 날아올라
천년을 기다린 달 속으로 걸어갔다

달에서 달 속으로
진물이 흘러내렸다
잔물결이 오래 출렁거렸다

은목서, 그러니까

　당신은 누구의 밤입니까
　꽃의 또 다른 이름으로 가을을 건너는 시간이 깊어집
니다 언제나 매일 밤 자정을 지나듯 긴 터널 속 어둠에
당황하지 않기로 했습니다 그리고 새로운 터널을 마주
하더라도 깊숙이 스며들기로 했습니다 어둠은 늘 빛 뒤
에 있어 빛의 얼굴을 하는 당신,

　당신은 누구의 새벽입니까
　은은하게 다가오며 시간이 흐를수록 진하게 다가옵니
다 태양처럼 언제든 불쑥 내미는 빛의 기분입니다 구름
이 물푸레나무가 되고 새가 은목서꽃이 되는 것은 아픈
사실일까요 잠의 숨결에서 벗어나 불어오는 바람을 안
으며 걸어오는 당신,

　당신은 누구의 흔적입니까
　계수나무 아래 숯 굽던 남자는 무심한 듯 자상합니다
여자의 그림자가 되기도 하고 발자국이 되기도 합니다
달나라의 토끼가 다녀간 까닭일까요 나무 베는 자리마
다 새로운 가지가 돋는다며 비옥한 계동마을엔 가을이
잔뜩 묻어납니다 오늘도 은하로 흐르는 당신,

당신은 누구의 기도입니까

바가지에 찬물을 담고 부엌칼을 잘 갈아 여자의 입속
에 칼을 세웁니다 숟가락으로 물을 떠서 칼을 세 번 씻
어 내립니다 여자는 그 물을 받아먹습니다 오다가다 죽
은 귀신, 배 아프고 머리 아파 죽은 귀신, 모든 귀신 썩
나가거라 다 나가거라 몇 번을 되풀이하는 당신,

당신은 누구의 향기입니까

밤에서 새벽이 올 때까지 되풀이되었던 염원이 끝이
났을까요 이른 아침 아버지의 지게 속에는 은목서 가득
하더니 객구 물린 자리에 미색의 자잘한 꽃이 피었습니
다 엄마 살내음 같기도 한 달콤한 내음이 따라 피어납니
다 불사약 향기의 당신,

그러니까 은목서 당신,

그림자 오브제

소란한 침묵을 들어요
함께 있지만 보이지 않을 때가 많아요
더듬어 둥그런 나를 만져요

우리, 이미 벌어진 일에 대해서는 책임지기로 해요
나의 실수를 용납해야
다른 사람의 실수도 허용해 줄 수 있다잖아요

그림자의 목소리 들어 보아요

잔뼈의 말을 듣는 방식으로 찾아가는
색의 잔해,
느린 발걸음으로 살아나는
소리의 실금,

빛의 방향으로부터
정해진 약속이라도 있었다는 듯
길어졌다 짧아졌다
자국없는 자국으로
으깨진 행간을 읽어요

밀봉된 감정을 꺼내어
몸의 말로 노래해요

비굴하지않게 그러나 친절하게
이제 그만 내 장단에 춤 출게요

나를 드러나는 용기 내어
초록빛 목소리 들려줄게요

실종된 꽃이 걸어오네요

인형은 표정을 잃고

걱정 없는 날이 있을까
오지 않은 일을 걱정하며 어제를 소비하고
일어나지 않은 일을 걱정 하며 오늘을 허비하는,

괜찮아

괜찮다고 생각하면서도 거울 속의 내 얼굴은
다가오는 불안으로 먹구름이다

눈을 감으면 희미하게 다가오는 것들
희미하다는 건 멀리 있다는 것
멀리 있다는 건 붙잡을 수 없고 만질 수 없다는 것
내 것이 아니라는 듯.

쉬지 않고 몰아치는 파도가 마음에 든다
파도를 멍하니 바라보며
몇 번인지 헤아리고 헤아리다 내가 먼저 지친다

고요한 수평선을 파도는 좋아할까
밀려오는 걱정을 멀리 보낸다

괜찮아

오지 않은 일들까지 미리 걱정하지는 말자
마음을 풀어 표정을 고치고
자라나는 먹구름을 바람 꼬리에 매단다

단단한 돌멩이를 주머니에 넣고
피어나려는 꽃봉오리에 입김을 불어 넣고

주먹 쥔 손으로 상처를 꾹 눌러
파도를 밟는다

수평선까지 걸어가자
해변의 소나무 숲이
젖지 않은 목소리로
다행이다 다행이다 들려준다

다시 바다로 갔다
밀려왔다 밀려갔다 파도처럼,

토끼 모양 인형을 만든다
귀는 둥글고 아주 크게,
오늘의 걱정은 여기까지만 하기로 한다
애착 없이 가뿐하게,
희미해지지 않도록 기억을 끌어안으며
꿈속인 듯
인형에게 걱정을 맡긴다
그럼에도 불구하고 표정을 오인 받아
울었던 밤,

밤을 걷는다 꿈을 걷는다 잠을 끌어안고.

파동 없는 잠 속으로
동그래지기로 한다

걱정 소리가 더 깊어간다는 걸 문득 알게 되더라도
낮은 높고 밤은 낮게
생겨나는 마음과 마음을 그냥 바라보기로 한다
흘러가도록 그냥 둔다

검은 표정을 풀고 뭉클하게,

오늘 안녕해요
토끼는 표정 없는 목소리를 가졌다

당신의 낙원

국화향 짙어질 때
초승달처럼 심장을 파고드는 꽃잎
깊은숨으로 불러보면
새파란 국화 잎처럼 선명해지는 사람이 있다
서성이는 밤이면
수천 개 불면으로 다가온다

숨 가쁜 골목을 굽이쳐 흘러
거미줄같이 하늘 뒤덮은 전깃줄
다닥다닥 줄지어 선 전기 계량기
삐걱거리며 돌고 있다

고추잠자리 날아다니던 자리
햇살이 비좁고
그늘 가득한 거리에 저녁 불이 켜지면
달 속에서 밥 먹으러 오라는 그 목소리 들린다
둥근 밥상 앞에 모여 앉아 밥물 소리 내며
달그락거리는 눈빛들 사이로
달빛이 흐리다

황량한 바람 끝자락에
담장 위 아기 고양이 울음소리 가냘프고
가을새 푸드덕
둥지 찾아 날아간다

낙원맨션 101호
화단을 가득 채운 국화
그 향기 사이를 걸어가는 그림자 하나

사라진 것들 다시 돌아오지 않고
아득할수록 아련해지는
당신의 낙원은
나의 낙원

동백꽃 질 무렵

결정하고 떠나는 것은
예정한 것들을 확인하는 일에 불과할까
아무런 계획 없이 모처럼 섬으로 갔다
방풍은 길쭉하게 자라있고
동박새 한 마리 지저귄다
기대한 것은 화창한 날씨에 따뜻한 햇살이었을 뿐
바람은 차가웠고 먹구름이 잔뜩 내려앉았다
계절의 경계 위에서
수평선은 경계를 허물고
배는 단 한 번도 출항한 적 없다는 듯
출항할 마음조차 없다는 표정으로 우두커니 있고
텅 빈 마음,
비렁길은 적막했다

지아비 초상에는 눈물 한 방울조차 흘리지 못하고 넋
놓고 있던 청내댁,
한 달이 채 가기 전에 "니 아버지 보러 가련다" 말하던
청내댁,
납골당 땅바닥에 털썩 주저앉아 목 놓아 울던 청내댁,

내가 아는 한 여자가 있었다

겨울과 봄의 경계 위에서 시들시들
붉음과 초록의 경계에서 흔들흔들

언젠가 예정 없이 걸었던
비렁길 절벽 아래로
동백꽃 한 송이 떨어지듯

툭,
하늘이
툭,

봄이
텅 비어 올 무렵이다

포엠하우스 23집
이것은
사과입니까

이
복
희

김해 인물이야기 1
– 김수로 탄강

김해 인물이야기 2
– 김수로의 왕후 허황옥

파과破瓜

회화나무 정자 흙냄새 – 오래된 벗 괴정槐亭

이 대 팔

전어

poem house

◆ 한국문인협회 회원
◆ 김해문인협회장 역임

김해 인물 이야기 1
 ― 김수로 탄강

쿵쿵쿵

신령한 존재 왕을 내려주소서

구간들이 땅을 뒤흔들며 제를 올립니다

쿵쿵쿵

龜何龜何 首其現也 若不現也 燔灼而喫也

구하구하 수기현야 약불현야 번작이끽야

쿵쿵쿵

왕이 나타나지 않는다면

고기를 태운 연기만 드리겠습니다

쿵쿵쿵 쿵쿵쿵

하늘에서 자줏빛 보자기 강림하였네

여섯 개 황금알 중 첫 번째 알이 열렸네

가야국 김수로왕이 탄강했네

김해 인물 이야기 2
– 김수로의 왕후 허황옥

가야를 향해 붉은 돛을 올려요
수려한 허황옥은 닻을 내려요
로맨스는 시작되었어요
의관 문물을 가득 싣고 온 배
왕후는 새로운 문명
후광은 수로 마음을 사로잡아요
허황옥은 차를 따러요
황공재배惶恐再拜, 하늘을 나눠요
옥경玉京*이 여기예요

* 하늘 위에 옥황상제가 산다는 가상적인 서울, 백옥경

파과破瓜

흉터같이 남은 주름
주고 싶었던 게 머물러 있고
세균도 득실거리고

노견이 마지막 같은 똥을 쌌어
말라붙기 전에 치우려 해
마르면 달라붙어 털어내기 힘들어
남을 하찮게 여기면
너도 하찮게 취급받게 돼

숨이 다 하기 전 음악을 들려줘
주마등처럼 나타나는 게 있어
그게 천국이야

회화나무 정자 흙냄새
 – 오래된 벗 괴정槐亭

600년 넘은 회화나무 아래
정자는 없어졌어요
어제
40여 년이 지난 친구들이 만났어요

까치고개 친구는 꼬까옷을 입고 다녔어요
대티고개 친구는 달리기 명수였어요
사리골 친구는 씨익 웃고 다녔어요
화약촌 친구는 전투적이었어요
말골 친구는 껑충껑충 뛰어다녔어요
양지마을 친구는 깍쟁이였어요
신촌 친구는 새하얀 얼굴이었어요
큰새미걸 친구는 이야기꾼이었어요

손톱 끝에 남은 흙
향기가 코를 간질여요

이 대 팔

포마드를 발라 번들거리는 가르마
기름진 육중한 몸매
시간이 지날수록 그의 옆은 비어 간다
가득 찬 관중석
그래도 그는 해맑게 웃고 있다

받고 싶은 8할
받게 되는 2할

어디로 가야 할지
허허실실 웃는다

전어

'시위를 떠나는 화살과 같다'는 전어箭魚, '집 나간 며느
리도 전어 굽는 냄새를 맡고 돌아온다'는 전어錢魚

쏜 살처럼 지나가는 것
며느리처럼 돌아오는 것
빠졌다가 찌는 살
통통한 나의 몸통이
살이 차올라 은비늘 눈부신 전어

포 엠 하 우 스 23 집
이것은
사과입니까

양민주

가을이 가는 것은 잠깐이더라
왜가리
빗소리의 중심은
기대에 기대어 산다
피할 수 없는 비
큰 그림
하얀 꽃 부추꽃
내 안의 하늘

poem house

◆ 2015년 《문학청춘》 등단
◆ 시집 『아버지의 늪』, 『산감나무』.
◆ 수필집 『아버지의 구두』, 『나뭇잎 칼』, 『어머니와 구름』
◆ 원종린수필문학작품상, 경남문인협회우수작품집상 수상

가을이 가는 것은 잠깐이더라

정오의 해가 곡식을 고루 비추면
가을이더라
한 호흡 고르는 시간에
나뭇잎 하나 떨어지고
풀벌레 소리 들린다
가을밤에 듣게 되는 아름다운 선율이다
일가를 이루기 위해
부르는 노래
그에게 닿아야 얻게 되는 사랑
가는 시간은 잠깐이더라
서두르지 않고 얻을 수 없는 것은
사랑뿐이다. 동녘 하늘
검은 밤이 붉게 물들기 시작할 즈음
그 시각에 가을은 가서 없더라

왜가리

양민주

갈대가 배불러 오는 늦은 여름
다리가 가는 사내가
시내에 발을 담그고
물속을 바라본다
적막감을 부여잡고 응시하는 사내
바람에도 흔들림 없이
징검돌처럼 웅크리고 있다
그늘은 동으로 비스듬히 자라고
고요는 요에서 잠을 잔다
무상의 세상 살기가 고달픈 것을
태어나기 전에는 몰랐다
태어나서야 비로소 알게 된 허기
야윈 사내가 허기를 면하려
수행해 들었다

빗소리의 중심

누군가는 양철 지붕이라 하고
누군가는 비닐우산이라 말한다
나는 소리 나는 곳이라고 말했다
비는 중심으로만 떨어져
파문을 일으키는 것을 보았기 때문이다
만 개의 방울은 깨어지며 소리를 내는데
알락도요가 알에서 깨어나듯
생명에서 생명으로 태어나며
'탁'하고 소리를 낸다
소리는 소리를 낳고
그 소리의 사연들은 살아가고
다람쥐 쳇바퀴 같은 인생처럼
빗소리는 한 번도 중심을
벗어난 적이 없다
비 오는 날엔 내가 있는 곳이
빗소리의 중심이라는 것을
의심한 적이 없다

기대에 기대어 산다

양민주

나는 꿈꾼다
가고 싶은 곳을 훨훨 날아가는 꿈
가다가 힘들면
나뭇가지에 걸터앉아 마음속에 있는
녹이 슨 바람을 꺼내어 닦는다
포대화상의 배처럼 불룩한 바람
바람을 닦다 보면
바람은 별처럼 반짝인다
바람을 닦는 나의 일생에
하늘의 별빛이 내려와 가슴에 안기는
그날이 그 날이다
세상 사람이 알아주지 않아도
닦고 닦는
오늘의 고단함을 잊고
그날이 오는 기대에 기대어 산다

피할 수 없는 비

소나기는 피하고 보자는 마음으로
자동차 안에서 비가 그치기를 기다린다
우산을 받쳐 들고 이리저리 뛰는 사람들을 바라본다
분주한 게 삶인가
자동차의 지붕을 두드리는 빗소리가 자장가처럼 들린다
의자를 뒤로 젖히고 단잠에 들었으면 좋으련만
멀리서 들려오는 청개구리 울음소리
청개구리는
죽은 엄마를 시냇가에 묻었다고 했던가
소나기는 언제쯤 그치려나
피하려 해도 피할 수 없는 비悲

큰 그림

양민주

해가 헤벌쭉 웃는다
구름이 해의 수염을 스치고 지나간다
뻗은 산줄기 저 산이 아름답다
옆으로 누워계신 저 산이 아름답다
한 점 먼지로 길 위에 서 있는 나
발밑으로 발가벗은
폭포수 떨어진다
시원한 물줄기다
호랑이 울음소리 들린다
오솔길 가에 감나무 여럿
덜 익은 감을 감추고 섰다
그 모습이 마냥 마음에 든다
깔깔 웃는 나무들
나무의 옆구리를 간질이고 가는
저 바람이 아름답다

하얀 꽃 부추꽃

울 아버지 입맛 없다시면
울타리 옆 텃밭으로
부엌칼 들고 가는 어머니
파란 부추 밑동을 싹둑싹둑 잘라 와
조물조물 부추 나물 해 주셨지

시간이 지나면
잘린 밑동에서
파릇파릇 싹이 돋고 자라서
예쁜 흰 꽃을 피웠지

흰 꽃은 천사 같아서
밑동을 싹둑싹둑 자른
울 어머니를 용서하셨지

어머니의 마음도 부추꽃 닮아서
나를 왜 낳았냐며, 흰 저고리
가슴팍에 머리를 들이밀어도
나의 잘못을 나무라지 않았습니다

저고리 꽃 눈물 꽃

부추꽃 하얀 꽃

하얀 꽃 부추꽃

내 안의 하늘

내 밖의 하늘이 허락 없이
내 안으로 들어 왔다
가슴 속에서
신처럼 조화를 부린다
이별하는 장면을 보면
구름을 만들고 비를 내렸다
유치원 아이들이 조잘대며
소풍 가는 모습을 보면
구름을 걷고 해를 보내주었다
긴 머리 청바지 입은 소녀를 만나면
바람을 불러와 머리카락을 날렸다
술 취해 밤길을 가다가 하늘을 보면
둥근 달을 띄워 앞서가게 한다
허락도 없이

나는 누구의 가슴 속으로
허락 없이
들 수 있을까